現代短歌社文庫

歌集

炎涼の星　夕鮎

上野久雄

現代短歌社

序

河野小百合

二〇二二年十一月「みぎわ短歌会」は創刊四十周年記念を迎える。この節目の年に創刊者である上野久雄先生の第一歌集『炎涼の星』第二歌集『夕鮎』を文庫本として再び世に送れることを大変嬉しく思う。

上野久雄先生が亡くなられたのは二〇〇八年九月十七日である。既に十四年の歳月が経過したが、今も歌会の会場に入るとそこにいた先生の姿や声音、歌への情熱がありありと思い出される。

さて、今回の出版は上野久雄短歌のよき理解者である吉川宏志氏からの提案により実現したものである。二年ほど前に、ぜひとも『夕鮎』の再発行をして世に残しては、との申し出がありそれを切っ掛けとして初期歌集二冊の出版となったことに改めて感謝したい。

上野久雄が短歌を作りはじめた頃のことを少し書いておこう。それは終戦後間もない一九四八年に遡る。横浜の国立療養所「浩風園」に、末期結核患者として入院していた時、療養所の短歌会を指導していた近藤芳美を知ったことによる。「未来」の創刊に加わり、その後第二未来歌集『河』に参加したが、諸々の理由で作歌を中断した。

再び「未来」に復帰したのが一九八二年。そこから後二年ほどの作品をまとめたものが第一歌集『炎涼の星』になる。

ペン先を妨げていし繊毛をあかときつまむ憎しみながら
剃刀に負けて血を噴くおとがいをさびしと触れて去りゆきにけり

どちらもディテールが効いた歌である。上野久雄は晩年パソコンへ変えるまで、長く万年筆を愛用していた。集中して書いているあかとき、「ペン先を妨げていし繊毛」の煩わしさが、それをつまむ動作からリアルに浮かび上がる。結句の「憎しみ」にそれほど強い意味はない。自身への焦燥感を繊毛に向けているのだろう。

男性の魅力の一つは「おとがい」にあると、この歌を読んで確信した。剃刀負けで血を噴いているおとがいに、細い指先が触れてゆく。指先という語を隠しながらその手触りにどきっとするドラマチックな歌である。

神の足から落ちし短靴を穿きて行くそれまでのもの手にぶら下げて

上野久雄の人生は波乱に富んでいる。末期結核患者として入院していたが、闇で入手したストレプトマイシンにより奇跡的に命を取り留める。その後、社会的な治癒を見ないまま病院を出され、新聞記者の職を得た。それから出版社や喫茶店の経営者となる。また、YBSラジオのパーソナリティーを務め、その番組で放送した「短歌を作りましょう」のコーナーが人気を博した。放送終了後に聴取者の希求が元となって「みぎわ短歌会」が発足。そんな人生の数奇を歌にすると、このようなシュールな作品になるのではないだろうか。

朝顔も夕顔もなき妻ありて夏逝く空に水を噴き上ぐ
若し神の吾を許せど許すまじき妻が雪掻く雪けむりして

夫婦関係は多くが微妙な均衡で成り立っている。庭の木々に水やりをしているその姿を「朝顔も夕顔もなき」と見つめる作者。雪掻きをする姿を神の吾を「許せど許すまじき」と思う妻への密かな懺悔。どちらもリフレインが有効で、しみじみと読ませる。

鋭角に天つく雪の甲斐駒が月の明かりに凍結をせり
いつしかは死ぬらん人を歩ましめきょう浜砂に春の海鳴る

『炎涼の星』にはニヒルな歌も多く、私小説的な楽しさがある。その中にあって自然詠のすがやかさが際立っている。甲斐駒ヶ岳は南アルプス連峰の北端にある山で、三角錐の姿が美しい。この山を愛した作者の端的でロマンチックな描写に魅せられる。

六年余りにおよぶ結核の闘病生活で、若き日から死は常に隣り合わせであった。儚い人の命と悠久の自然との対峙が絵画的、音楽的な広がりを持つ最終章の歌。

第二歌集『夕鮎』にも少し触れておきたい。この歌集は一九八四年から一九九一年までの作品をまとめたものである。時代でいうと好景気の通称バブル経済に入る少し前から終焉までの期間に当たる。上野久雄の人間的魅力と、短歌指導力が評判となり、ぞくぞくと会員が集まり続けた時期である。

この重み放さば焉《おわ》りゆくらんと一つ石塊を吊せり吾は

みぎわの主宰としての責務は、日に日に大きくなっていったと思われる。その決意が「石塊」の比喩として描かれているのであろう。会員の育成や啓蒙活動に追われつつ、日々歌に関わることの充実を実感している。

不明なる父なれど吾は父なれば手力かぎり蓋ねじりおり

この家を救わんとして蜂たちや燕たちは驟雨《あめ》ののち来も

あまり家庭を顧みないで過ごして来た父親の自意識である。「父なれど」「父なれば」の差異のあるリフレインから、意外性のある結句によって自身をユーモラスに描いた。また、調和がなされていない家を「蜂たちや燕たち」が救おうとして来ているのだという詩情のある発想が何とも切ない。

シクラメン選りいる妻をデパートに見て年の瀬の街にまぎるる

巧みな描写の歌。シクラメンを選る妻と、街にまぎれてゆく私を場面で見せながら、その背後に潜む物憂い心情が伝わってくる。

みずみずしき白鳥は来て吾が書架に佇みていし夏の夕暮
おみなありて思考を乱す机には反りてガラスの如き松虫
暁をいずくに発《た》つや鶴のごとひそけく梳きているものの影

歌って素敵だなと思わせてくれる比喩の歌。何れもみずみずしい感覚で捉えられていて、読み手を虜にすることだろう。「白鳥」「松虫」「鶴」。三首とも羽があって、消えてしまいそうな儚さがいい。

いずれ又俺を探すさというように芝生に埋もれいたる刈鎌

象徴性のあるこの比喩が作者像に重なって見える。本歌集を手に取ってくださった方々が、上野久雄短歌の深い味わいを再発見してくださることを願って止まない。

〈みぎわ短歌会代表〉

目次

炎涼の星

目次

I

花を握りて

フリージアの束を握りてさ迷うはほろ酔いの吾が誕生日夜半

濡るる指に螢の匂う記憶ありてビルの明るき鏡に立てり

いくらかは嘘もちて互に生きるかと新車に妻を乗せてさびしき

午前二時柳の木下帰り行く雨降りて傘に葉擦るる音す

路面打つ雨粒あらき夜の歩み誰が足どりか似て急ぎ行く

ペン先を妨げていし繊毛をあかときつまむ憎しみながら

うなされて妻が許しを乞う夜半の倖せならぬ声を聞きおり

ひたすらに女はつくす場面《シーン》にて吾は涙ぐむ妻にかくれて

足の平夜の畳にうるおいてこころ呼ぶ声いずこにかする

われと居し日より柔和な会釈して自動車《カー》のガラスのうちに過ぐるも

性急に子を見限りて死にたりし母に似て吾が老に入りゆく

手もとには虹の生《あ》るると水を撒く朝より暑き店に出で来て

吸殻の雨に汚るる裏小路にひとり起き来て珈琲を売る

階段を拭く吾の手を跨ぎゆくわが顧客銀行員御一行様

薄暗き店の照明《あかり》は吾が好み珈琲は濃きを疑わざりき

傷みたる珈琲カップため置きてあるとき一人溜息を吐く

シャンソンの女声この夜はセクシーなり聴きつつ客おらぬ店に居眠る

故もなき微笑たまゆらこみあげて口髭形となる昨日今日

容貌はイランあたりに通うべし思想的なるかわれの口髭

ブルージーンズの小さき膝のやすらぎに湖上けぶらせてゆく驟雨あり

ロマネスクわが髭の辺にただようと湖にあぶなげに少女おりたり

SP盤メンゲルベルクを所望せる起居なりしかど帰りてゆきぬ

マスターの面して珈琲を注げという仮面あらば凛々と立ち対かわんに

球切れて一部点らぬ看板を雨止みし空に一人見上ぐる

「ラ・セーヌ」と二十余年を呼ばわりて吾が守り来し襤褸喫茶店

珈琲よもっと賑めさびしかる店主の注ぐ熱き湯浴びて

オン・エア

父の貧苦オン・エアするＤＪの吾が身に風邪の汗は流れて

身構えて声まじえいし一日の果てにマイクは黒光りすも

剃り傷に軟膏白きまま吾はスタジオに入る今朝は気負いて

親の恩は負債かと問う学生の笑いがひびく吾が番組に

自殺行の夜の路銀《ろぎん》の額《がく》を問うか老女演壇の吾をおろがみ

白樺の群立つなだり日の明るく逆上りゆく霧見ゆるなり

白樺の裸木の群に霧降りて風に明るむ牛ら出ずるに

フェアウェイに跳び出ずる仔鹿見るという八ヶ岳碧き夕べ夕べに

逆光のバンカーエッジに見下ろせる老キャディ母に似て笑わざる

フェアウェイの窪みになずむ飄見《つむじ》ゆ吾の打球の定まらんとて

ハイボール　ブルーの雨に紛れゆく信濃の空は秋かさびしき

ガレージに妻が並ぶる白菜に研がれて風の光る夕べよ

汝が泪に汚れしシャツのまま出でて雨より暗き風に吹かるる

電気メス吾を剖きし疵痕にいぶかる指のありてさめおり

わがために何かが煮ゆる音きこえ立上りにくくなりて坐りおり

吾が傍にしましうまいし去りたるは或いは負けて来たりしならん

玄関まで三つの襖とざし去る人の涙のおとときいつ

乗用車乗り捨てて去る物腰の人妻らしくなりて暮すか

しらじらと眠れる妻の体内に吾がさびしさは届かずて更く

腰髄のあたりうるおす性感を怨みのごとく書き残したり

午後の陽の温き畳にまろび寝てしばしだに清くわが眠るべし

シクラメンの白端正に咲ける鉢心当りのなく受け取りぬ

雨傘の折れしを拾う酔漢はわれを殴りてよろこぶものを

臨終のシーン美しと思いつつ夜半のいばりに酒臭うかな

度の弱くなりて捨ておく吾が眼鏡妻がとき折かけて読みおり

故障せる蛇口がありてひとよさを水滴は鳴る病みし日のごと

暮れはやき木群の暗に掘りつづく吾が甲斐犬の老も知るなり

落日の際立ち染むる山の輪郭《かたち》おもいの淡き路走り来つ

滞る車の長き列にいて冬の夕日に顔染めてあり

雪の夜と吾とを遮るシャッターの冴々として音落つるかな

ガラスの脚

つねに明日をもたねば要らぬ銭金をガラスの脚に賭けてたぬしも

紙幣をば部厚くある日吾は持ち馬匹の臭う陽をくぐりゆく

花を吹きすぎる風はパーソロンの血をなぶる

ゲートインに昂ぶるものを吾は聞く血が走るとやそれぞれの息

首上げて振りて今ゆくキャンターの黒鹿毛《くろかげ》一つ花の曇りに

サラブレッドに憑かれしを妻は嘆けど

パドックにある日目見《まみ》えし「リュウズキ」のいずくの雪に鬣《かみ》振るらんか

夕翳る埒添い負けし馬去ればコート着て立つわが帰るべく

風に乗せて馬券を投ぐる夕陽中吾よりも妻は聡く生きたり

責むるなく吾の放恣に添いているふと起きふしに老の見えつつ

沈丁花匂える蔭に眠りいし仔犬を思う午後の驟雨に

疲れてはしばしばを寄る夜のベンチ地下ゆく水を足もとに聞く

この幾日われを待てるはおすわりをして喰い物を欲る犬ばかり

黒潮に稚愚のいのちをあずけ来てうなぎは春の灯に寄りあえり

ゲートボールにひねもす集う河川敷ぎこちなきかな遊ぶ日本人

メンデルスゾーン何か許せぬ思いごとひんやりと春の夜具が包めり

長兄死す

死病得て花冷えの日を眠りつぐ母を擲ちたる兄ならなくに

放蕩の一生もいまは終らんと骨のかたちの脛撫でており

透明の酸素テントにひそみたる死に怯え又死を待てる顔

苦悶するまなこ開きて掌を合わす死なせよとすべもなき弟に

兄が死を待ちて時経る朝明けの空のいずこか春雷の鳴る

優しさにかつて触れざりし兄ながら死にゆく際の眼はやさしきよ

嫌われて嫌いて過ぎし臨終にわれは弟涙湧き出づ

息絶えて苦悶を残す頬骨の幸うすき母に似てかげるなり

頭蓋骨も砕けて紙の如くなり一様に灰　兄を拾える

貧しかる告別の日よさ庭にはわが歌会の花輪ぞ一基

抜歯後のまだ血のたまる口あけて死にたるものを呼び集めおり

ドアの軋み

傷心の息子を抱くならわしのこの国になく吾は抱かざりき

逃れゆきてハワイに式を挙げしという親ゆえ届きくる風聞に

栃木あたりの安アパートにこもるとも風のおとずれのわが祐一よ

甲子園に二塁打したる子の影は永久に走るも吾が感傷を

球場に土運び人は働きて春待ちおれど吾子よどうしている

ユニホーム汚して帰る子の夢の茫々として暁に果つ

この闇に雪来るごとくかそかにて残しゆきしバット父は振りおり

愛のあかしに父を傷つけるドラマ見て涙をこぼす吾ならなくに

夜に日に呼びなごみにし名も忘れ茫々として知らぬ余生は

何が吾に起りいるとも知らざれば睡魔なだめていたり車に

ポーランド二首

雪凍てる街のけぶりに哨兵のいずくに対う姿ともなく

国軍の盲いし銃に斃れたる一人起き上り叫べり吾に

客の来ぬ深夜の店に坐りおり姉の亡く兄も死にしと思いて

廃業していずこの街に逃れんにもいくらか齢過ぎたりと知る

たまさかに入り来し客は酔いていてドアの軋みの音を侮る

甲府一美味しい珈琲だと思いたし帰らんとして吾は呟く

氷造らぬ機械を捨てる金出してわずか残りし売上を持つ

ウェートレスらふためきて帰りゆきたればようやく流れ落つる涙は

廃業を思いさびれる胸板にすり寄せて熱き息を吐くもの

魂など若しあらば目下崩るるは魂にして零預金帳

外敵を知る本能を享けざればイグアナ亡びてゆく遠き島

あかつきの月明に脱ぐ吾が肌《はだえ》　情《こころ》の剝げゆくごとく乾けり

明日は行きて金の無心をする口が尖りて熱きものを吹きおり

大き靴

死の神のベールというを見て来たり毛布を噛みて嗚咽していき

墓の径草の間狭く舗装され喪服の下に汗流し行く

腹立たしくねころびていしが軽やかに扇風機鳴る夕べ目覚めつ

「お酒など誰をお救いなさいます」通俗モラリスト目覚めいるらし

娘の部屋に上りて学習するというボーイフレンドとは大き靴

雨霽れて白夜とまごう夕日光バラは溢るる球場の壁

助手席に黒髪垂れて寝入りたる娘《こ》をかなしまず吾は死なまし

息切れてなおつややかな黒虎毛穴深く掘りぬわが犬のため

梔子の白の濁りていいし午後を掘りてけものの死を埋めにけり

光澄むくちなしの花群さわだちて風の姿に蛇渡る見ゆ

懐手して経る薄き座布団に腹の虫とか時偶鳴けり

ガラス戸の平たき夜にペン止めしねむたき指ら映りいる見る

二三日厨の水に隠忍す隣の嫁のくれし田螺は

甲斐の国上曾根村にある落人の墓　三首

先祖らの栄えし郷に入らんとす一人残りし姉と伴い

院殿居士らは吾がルーツにて大き墓石本堂が裏にうつうつと立つ

菊花紋刻みし石の崩るるにこの広き地を墓となしたる
降りしぶく墓に寄り合う傘触れて血の縁もてばここに集うも

紅き虫

嬰児《みどりご》の呼吸《いき》消えていし暁の人のなみだはみな美しき

産院にこの葬いを知らず臥す母ありて夏穂善童女眠れり

ものなべてひそめる夜半に起きおりて貧しき王の如髭を剪る

鈴鳴らし闇行くけもの明け方の吾が放尿を寸時とどむる

性欲の消ゆるたのしき齢まで吾が棲むための部屋を掃きおり

掃除機が吸いてせんなき吾が塵にまぎれもあらぬひとの髪見つ

剃刀に負けて血を噴くおとがいをさびしと触れて去りゆきにけり

左目の奥に気取りのある女医に減退のこと問われて帰る

鋭角に或る夜時間が触れゆきぬ深く隠しもつ病巣揺りて

黄色《おうしょく》の皮膚の一日の汗拭うネバダに対うこころ制えて

生温るき夜明けの風呂に沈みおり暴風雨屋根に暴れおれども

手水場の朝空あかし台風は澄みゆく耳の内に消えつつ

赤信号短く区切る辻々に時雨るる黒き海見えており

手に一粒屋上の雨吹かれ来て疲労度の濃き街空は垂る

箸立てを這う紅き虫空腹のわがすする蕎麦の音におどろく

うちに棲む王さむがりて呑む床にきき耳たてて秋ひそみたり

覚むる遅き吾がため点る炊飯器朝の妻子を見ることもなき

なべて紅葉のこぼるるもろさ手花火に似て入りつ日に染まりていたり

丈低き雑木もみじに真日明かく吾が車のみ白き崖の上

Ⅱ

夜陰

鋭角に天つく雪の甲斐駒が月の明かりに凍結をせり

疲れては踏む紙筒の如き身の暗き溝蓋にぐらり揺らるる

ドアの外は死に絶えし街しかくして咳《しわぶ》けばしわぶきひびきわたりつ

劇場の裏の空くらく雨は来て熱き甘栗をポケットに持つ

ストーブの炎に染まる双脚のたまゆらにして組み変りたる

黄のあかり高きにありて雪舞えり天なるこえの若し聞えざる

春まだき朝のうつつに聞くものの声とは弱き妻の寝息か

カウンターに一つ無聊の紙鶴は此の夜誰彼の掌にのせらるる

体毛が口腔深く迷いいて夜すがら男をおびやかしおり

猫がまたぎてゆきし夜陰を帰るのみ鉛負いたるごとしもわれは

シャッターを半ば引くとき一日の覇気はさ霧のごとたゆたいぬ

神の足から

神の足から落ちし短靴を穿きて行くそれまでのもの手にぶら下げて

コンタクトレンズをはめる娘《こ》をもてり風のごとくに身のひるがえる

プロコフィエフ澄みし頭骸を弾《たた》きくる死にし夢より還り来たれば

喉の奥ゆ洩れていたりし息のこえ鉛のごともうつしみを打つ

冷えきりし盗汗を拭う寒夜幾夜いずくに生きて眠りいん子よ

ストーブに火を入るるとき吾が指のふと富者の如撓みたるかな

肺葉が降りしく雨におののけりその夢ぬちも水びたしにて

真日注ぐ格子戸の店蕎麦すする三日てこずりし胃も愉快にて

物陰に炎の双眼だけとなり吾がヘッドライトいぶかる猫が

放送局を去る

七年の吾のトークよ空高きアンテナあたり今朝はかすむも

あばら骨除りてかたむく吾が肩は怒れるごともドアに映れり

無用となりし吾に開《あ》くＹＢＳの硝子ドア白きひかりは春のひかりぞ

番組をおろされし者に空霽れて振子のように傘を振らしむ

見捨てられし慙愧或いは見捨てたるおののきにして湯豆腐煮ゆる

雨を斬るわがヘッドライトの光芒に男女抱き合いしまま振り向けり

生れながらに吾に卑しき血が流れ一人の床にひとり頽るる

懐手して便所にすわるこの家に家族いる朝も稀となりたり

沼や毛物を包みて真夜はかぐろきにその夜をだけ吾が信じ来し

花桃一枝

きょう逢いて吾の車に君のせぬ盆地は桃の花の季節に

花桃のほのくれないに窓ひかり君はガラスに指を触れしか

桃の里の花のくもりに道を入る従わんとてこころあたらし

サングラス外す視線に触るるとき桃の花むら雨過ぐるらし

妖しきまで高きに咲ける桜あり桃はかしずきてその下に咲く

桃の畑の花ぐもり旅ごころとや薄紅に染む並びて行けば

ありありてほめくこころよ忘れゆきし桃の小枝の花は白紅

ひた走り行く夜の後部座席には君忘れゆきし花桃一枝

ガレージの灯《あかり》に浮ぶ花桃の忘られしをば提げて出ずるも

鹿皮の小紋のたくみ印伝と呼ぶを甲府の春に並べつ

印伝と呼ぶ小袋を買わんとすまた別れゆく人に添いつつ

黒鹿毛

膨みし雨一斉に降るからに若葉青葉は海と騒立つ

湯村山は黄みどり緑騒立つや古明地実甲府を捨てぬ

雨にしみし靴の底ひゆわきいずる恥辱念々踏みて夜を行く

横顔の端正にして目礼す銀杏若葉に触れゆくバスに

いと細き踵の脱ぎて残したる上履に射す青葉ひかりは

起きぬけに電話に出ずる娘の肌の熱もつごとき色のかなしさ

脱ぎ散らすスリッパの中に紛れたる一つ好色のスリッパがある

暁のうま寝《い》駆け行きし黒鹿毛《くろかげ》の潔くダービーの群をこそ抜け

チズブエとうやさしかる名の牝馬《ひんば》いてキャンターつづく葉桜の下

春晩き夜を透れるひとの呼吸《いき》受話器にきこゆその唇の声

ひとのすむ奥処の夜気に染むごときうれしき声と電話しており

ライラック車硝子に散り溜る末尾一語にわが惑う夜を

大空に鳶一点の快楽《けらく》とも翼をまれにうちて翔ぶかな

孤立せし一羽と空に恍《よ》うごとし鳶の在処《ありど》のあらまほしきを

戸外には青葉のひかりみちたれば昼の隠れ家一人し眠る

真裸の王

初夏の夜は芯から濡れてひかりたる逃れんとして点すライトに

地上にはそのとき光うすかりき肺の汚れを喀くと屈むに

肺深き汚れを喀くと星くらき夜の溝のへに蹋るものを

走れどもかぐろく濡るる街ばかりこの夜の淵ぞ吾の在処は

月明に出て息づけばほの光る蜘蛛の巣傘のごと空に垂る

恃むべきはもとより無けれ慮《おそ》るるももとより無けれ生きものに餌ぞ

ひたぶるに獲ものを迫《せ》めて充たしめし吾が血この朝臓に溢るる

眼に残る微熱は敗戦の暑さであった

初夏淡き光の粒を追うものを真水に飼いて一人棲みたり

黄楊の葉のしげみに生きて蛇うごく三日三晩の雨ののち晴れ

丸薬をこがねのようにいたわりて夜の手の平は真率の徒ぞ

口腔ふかくブラシをのばすこの暮夜の秘事のごときを一人終えたる

片照りて路地はかぐろき月明り誰を殺めしやこの心はも

手を投げて畳に眠るものさびし灯りともせば顔を伏するも

梅雨の間の星のあかりに落したる手紙の音を返すポストは

うろこ雲潮《うしお》のごときあらき流れ身ぬちに月光《つき》の強弱なして

土塊のごときビーフを喰わんとて髭を汚していたり夏の夜

たわやすくほめくわが血を汗とせしシャツ滴らしいし朝の風

身のうちに音して萎えし情《こころ》一つカー・クーラーに吹かれて夜を

狭き空に物干しはじむあわれさは男のパジャマ女のパジャマ

やさしかる踵《くびす》ら過ぎし砂浜も吾が情欲もこめて茜す

朝顔も夕顔もなき妻ありて夏逝く空に水を噴き上ぐ

朝顔の中に夕顔知らん顔

盂蘭盆《ぼん》すぎの母の乳房の汗垂りて「ほうとう」という旨き夕餉や

丼には戦国甲州が湯気立っていた

キリストが来て風鈴を吊りゆくと真裸の王さびしき趺坐《あぐみ》

夏は胆の中まで透視する

夜の扶持

夜の扶持を喰らいて生きし肉《しし》むらの毛穴吹くほどの風があるなり

一節を不意に唄いてさびしきに膝下ほどの湯に立ち上る

這い出でて窓から窓を開け放つ病妻凄《すご》し月にまみれて

夏雲をかかげてい行く紫の帽子とや道にきみを思わん

ひとときを涙しずかなりしプロフィール立ち上るとき水少し飲む

水中より空に向けたる瞳孔のなまぐさかりし夏の終りは

すぎゆきし一人は死して水のごと肉《しし》の記憶の澄むきのうきょう

大鯉のひるがえる波紋ようやくに近づく賭の糸口は見ゆ

稚《わか》き馬の蹴りゆく芝生かがようもガラスの脚と誰か歎きし

皮膚透きてニジンスキーの血か見ゆる勝ちたる鹿毛の脾腹《はら》ふるいつつ

皿盛りの太巻ずしは負けこみし吾が息うけてこわばるらしき

勝つことのもはやたまきはる己が身の花のおもいを揺ることもなく

値踏みせる男は熱き茶をのめりわが家屋敷あわあわとして

信号を夜ふけ待ちつつ口にいずる河野愛子の歌のさびしさ

珈琲の色

暗がりの鍵穴近きわが吐息親に手を貸さぬ子を育てたる

朝ながらくらき家ぬちに残されしあるじを咬みて猫はよろこぶ

耳垢をしみじみ掻きて秋の夜の子にすてられし父は燈りに

涙もておびやかしたるものどちの風聞子等を学ばせて足る

この暮夜に残されて剪る爪のおと母は夜爪をいたく怖れき

暁《あかとき》は白猫宙に四肢あげて主の涙をうけんとぞする

太鼓打つ風雨をつきて打つものをこの朝しみて吾はききいつ

やがて逢わんこころおくれにトンネルの音のこもりている内耳あり

花序のごと果つる一日のある個所に地下街へ押す重きドア見ゆ

松明にヘカテの髪のけぶるがに夜の淵に立つ艶やかにして

残像にトルコ桔梗の乱れいき地下ゆく水のごと眠らんか

死に際の吾に来ておとす誰彼の涙はたぬしひとり思えば

槇の枝ガラスに触るる秋夜ごろ星見ておれば星かぎりなし

人はみなコアラの如く遊ぶべく生《あ》れ来たりしに誰もかなしむ

初老の船長が沈黙するように街の夕日はしずまりゆきぬ

タンブラー硝子の棚に磨き上ぐある夜入念なマスターにして

吾が注ぐ湯を浴びて快からんましぐらに落す珈琲の色

宵越しの金とや持たぬ男気のはるか見えつつ月かげおぼろ

脚折れし父の碁盤は暗がりに低き声をば呟くごとし

残されし肺葉もいまは古りゆきてかすかに酔えばひとり喘ぎつ

胸深く枝をからます梢には鋭《と》き言葉もつ一羽棲みたり

路銀

ニノンバラン恋いてふるわす唇の声とならざりき死の朝の息

髭少し汚して終る夕食の卓にギリシャの海の色の皿

毒沢仙峡という夜半の駅駅長は縊死者のごとく顎紐をせり

木犀の木暗に散らす花のひびき誰が死の予感雪の降るごと

十月の朝を犯しているごとく大根《だいこ》をおろす指を濡らして

紅の房実に指の拡《ひら》く空妻だけが聞く風あるという

マーガレットは衰弱の葉をあからさまに燈《あかり》に曝しいたりきその夜

瘦身の王しばしして山陰に月の光を堰きとめはじむ

悉く月光谷に堰きとめて秋アルプスのかそけき脱衣

漆黒の頭上を過ぐるものの影或るは槍隊騎馬かそれとも

めんめんと涙を垂るる王乗せて吾がポケットに路銀いくばく

顔の上を姉かと思う亡霊のすぎゆきたれば髪の匂いす

センチメンタルなこの夜の虫吾が靴の下に潰れて翅を散らすも

髭

吾が庭に峡あるごとく吹き過ぎて風はときのま女声曳く

朝を又店に出でゆきし妻の夜具つつましかりき薄きくれない

憤る妻を珍しと吾は聞くうつつが中の朝の電話に

自然死という語が一つ冬空のブルーと溶けて滝下りゆく

欅森の空網投げしごとくにて発つ雀横のきずなをもつや

湯を注ぐこの手の奢り珈琲をまことしずかにガラス器に溜む

盗人のくらしにかこつ沈黙を思うミルクの沸きてくるまで

わが髭をあげつらいいる処女《むすめ》らのときに悉くストロー銜え

娘《こ》を擲ちしこころ苦しく酔うごとく星の落ちゆく窓に左眄す

何か怪《け》のさまようと見し廊下より低き声すも妻が起きいて

いつしかも老づく妻の癖となる溜息をきく風呂に寝床に

生き馴れし独りの老の日を思う若しふと自死のあり得べからず

Ⅲ

けもの乳

けもの乳今朝ののみどに落しつつなべて傷みてゆく思いあり

卓上に骨格太きサボテンの暮夜の手淫の気配こそすれ

ジャケットの塵埃たたく冬日中逃れゆくこころ一つ澄みたり

人はただ気負う己のこころもて吾が直腸をあやしと覗く

生き来れば生きとしいける運命《さだめ》とて眩しき光肛門に差す

降りこめて客の絶えたる店を拭く老いづくをさびしと吾が思わねど

美しきサングラスひとは卓に置く隅ほのぐらき席を選びて

何にいま夜のくらきにまぎれたる鳥もみだらな声に鳴かまし

無頼なる一生《ひとよ》とおもう夜の駅にまろびてひそと血を喀きていつ

駅のベンチに横臥《よこふ》す吾の無頼なるこころならねばさびしかりしを

君乗せし夜の電車ひそと走らせて駅の暗きに吾は喀きおり

ひっそりと喉ゆ流れし血の色のシーツを染めていし朝のころ

血の痰を恐れずありしすぎゆきに人に恋いつつこの夜さびしむ

爪先にさびしき磁気を吾はもち水仙の黄を一つ殺めつ

炎涼の星

皸きたる夜半の風の落ちゆきて子が嗤うなり冬野はるかに

子のおりし夢の涙かたまりいし吾が耳さびしき相をなせるに

子の夢に目をば汚して起き上る袖口あたり冬は来ている

遠山の雪白きかな子を敵としてゆく路に月翳りつつ

風響む河岸を急《せ》きてゆく足の子に追いつかん思いならずも

子を吾の含羞として産みしなり小さくやわらかき肉《しし》ぞ恋おしき

たおやかな胎にひそみて病身のあやうき父の掌をけりしかな

書きて出さぬ父の懼れの交錯せる一文は舞う風のまにまに

水洩れてかなしみの上にひろがるに夜更けは凍てて光ありけり

しばしばも迷える犬に屈まりて暁近き歎きせしかな

寸時さえ吾をはなさぬ愚痴のごと聖樹というが色光りすも

遠山のこの日の雪に隠れんと日輪己が色にまみるる

明日に移る星の傾《かたぶ》き人の死に発たんとあらくエンジンは鳴る

人の死へ発つと連れ立つ空の果またたきている炎涼の星

雪けむり

若し神の吾を許せど許すまじき妻が雪掻く雪けむりして

死に近き命脈のごと朱のあかり点滅をせり雪の辻々

雪の上の薄きひかりに銜え来し犬ものをおくしばらくの間を

酔客が吾がネオン燈叩くから雪けむりくらき血のいろに落つ

砕けたる義歯に焦立つわが舌をなだめておれば春闇の濃し

紅《あか》き舌己が柔毛を散らしおる春のけもののさびしからずや

紫雲英田はわが眼うらに花をしくやがて人来て兎放つも

薙ぎ倒されいたりし曼珠沙華の中茎を断たれし花のはなやぎ
珈琲の夜べにごりしを含みては後退《あとずさ》りする残余のいのち

一羽は海へ

海鳴りを聞けよと砂にひとは立つ左千夫の家を去り来しときに

みぎわには死にたるものの殻をおく視野のかぎりの海のくもりに

わたなかにいのちをもちてあるものの浜に乾くを踏みて立ちたり

いつしかは死ぬらん人を歩ましめきょう浜砂に春の海鳴る

浜砂のすさぶる果の幻と駿馬は消ゆる九十九里の海

伴いて丹《あか》き靴こそさびしけれ約ましき唇《くち》も夢のごとしも

ついの日を数うる生のうれしみに一羽は海の真中へと翔ぶ

跋——岡井　隆

上野久雄。このなつかしい人物が、ふたたびわたしの前にあらわれるには、幾山河があったことであろう。わたし自身にも、おだやかならぬ幾春秋が、そのかん、過ぎて行った。こうして、上野の第一歌集のゲラを前にして坐っていると、死んだ仲間の顔が、うかんでくる。わたしたちは――上野久雄とわたしは、いわば生きのこったのである。

「未来」の最初期のころ、甲府の療養所には、近藤芳美ファン（門下などというのとはちょっと違うが、ファンというのも変である。しかし、まあ、一応、こう言っておく）でも著名な二人がいた。上野と村松和夫である。若かったわたしたちは、なんのへだたりもない気持で、つき合っていた、といっていいだろう。それでも、いくつかの壁が、この人とわたしの間には在ったのだ、と今になって、静かにかえりみられる。

第一には、わたしが「未来」の編集部にいたのに対し、上野は、地方にいた。上野は病気をして療養所に入所していたし、わたしはといえば、健康で東京にいた。上野は、わたしよりすこし年上で、すくなくとも学生ではなかったのに対し、わたしは学生であった。まだ、ある。そのうちに、わたしは卒業して、結核専門の病院の医師になった。未熟なのが当然の新人医師であったのに、わたしはその未熟さをかくそうとして突っぱっていた。上野は、遠くはなれた場所ではあったが、わたしの見ている患者たちと同じ病気によって臥っていた。当時、わたしは、こういう彼我のあいだのへだたりに気がつかなかった。いや、気がついていたのかも知れないが、相手の側から自分を見る視座が、まったく欠けていた。

そのころ、甲府へ行って一しょに歌会をしたり、どこかへ泊ったりした。忘れられない記憶のはずだが、忘れたいと思う動機も、わたしにはあったため、細かいことは忘れてしまっている。まだ十代だった古明地実にはじめて会ったのも、甲府の会の時だったろう。上野久雄には、はじめから、無頼めいたかげりと途方もないやさしさとが、混在している。ふしぎな風格があったな、という点だけは、はっきりと記憶の底から、よみがえってくるのである。

フリージアの束を握りてさ迷うはほろ酔いの吾が誕生日夜半

これは、集巻頭に出てくる自画像である。フリージアの花束は、だれがくれたのであろう。一種の熟年ダンディズムなんだろうな。「さ迷う」のは、どこの街なのであろうか。下の句の、あっさりと言ってのける口調も、むかしながらの上野久雄のくせである。というより、初期の（戦争の終ったあとしばらくの間の）近藤芳美調からの摂取といっていい。

ペン先を妨げていし繊毛をあかときつまむ憎しみながら

上野は、ボールペンではなく、万年筆かふつうのペンをつかっているらしい。あかつきまで、ものを書いている。このにくしみは、繊毛に向けられた、理由のない憎しみだ。しかし、本質は、男の心の苛立ちなのである。この歌集には、中年をすぎて、ままならぬ人生に苛立つわれわれ男性の心の起伏が、さらりさらりと書きとめてある。さらりさらりと、である。どろどろした怨念は、ここにはない。それはなぜだろう。

吸殻の雨に汚るる裏小路にひとり起き来て珈琲を売る
階段を拭く吾の手を跨ぎゆくわが顧客銀行員御一行様

こういう歌には、上野久雄の、自分および他者についての批評があらわれているだろう。それなのに、ここには、陰湿な感じがない。みじめったらしさはなく、かえって、身をやつすは仮の姿、といった余裕が感じられるのだ。すこし方角をかえて歩いてみよう。

わがために何かが煮ゆる音きこえ立上りにくくなりて坐りおり
吾が傍にしましうまいし去りたるは或いは負けて来たりしならん

どういう状況を想定することも可能だろう。小説の一節のような、この二つの歌には、上野のなかのやさしさが顕著である。こういうやさしさが、わたしたちの歌の基本にはあった。こういう、他者への思いやりが、短歌の形をして、採取される。そういう歌の作り方は、もう旧いのだろうか。

ギャンブルを知らないわたしが見ると、上野の風貌は、ギャンブラーの名に、あまりにもぴったり合っている。西部劇に出てきそうなギャンブラーにぴったりだということは、今の日本では、非現実的なギャンブラーではないのか、と空想するが、これは、その世界と無縁な人間の素朴な感想にすぎぬであろう。「ガラスの脚」という一連に出てくる馬は、とにかく、短歌史の上でも珍しい作品なのである。

　つねに明日をもたねば要らぬ銭金をガラスの脚に賭けてたぬしも

これは序歌であり、短歌の形の詞書ともいえよう。

　紙幣をば部厚くある日吾は持ち馬匹の臭う陽をくぐりゆく

この歌は、上の句のたどたどとした言い方にすべてがあろう。どのように言いかえることもできるし、「紙幣をば」は「持ち」と直結させるほうが、なめらかなのだが、そのところを、ごつごつと、ためらうように、「部厚く」などと豪気な気っぷをみせびらかせつつ、歌はすすむ。「馬匹」などという、やや硬味のことばも、充分に面白い。

つづく数首も、いずれも手ぎわのよい歌だから本文をみていただきたい。

風に乗せて馬券を投ぐる夕陽中吾よりも妻は聡く生きたり

男女の生きざまとギャンブルと。このあたりの帰結のつけかたにも、上野が居る。

もうすこしだけ、歌を引いて置く。

腹立たしくねころびていしが軽やかに扇風機鳴る夕べ目覚めつ
娘の部屋に上りて学習するというボーイフレンドとは大き靴
二三日厨の水に隠忍す隣の嫁のくれし田螺は
性欲の消ゆるたのしき齢まで吾が棲むための部屋を掃きおり

剃刀に負けて血を噴くおとがいをさびしと触れて去りゆきにけり

引用しはじめると、とまらなくなるところがある。短歌という形式は、こんなに柔軟に世の風俗をとり入れることができるのか、という感慨をとどめがたい。戦後の短歌のなかにあった一つの可能性は、多くの先人たちの発明工夫を経て、こういうところまで熟してしまっているのである。

上野久雄。喫茶店主人。ラジオのディスク・ジョッキー。歌誌「みぎわ」主宰者（代表者といってもいい）。その他、いろいろな顔をもつ男である。しかし、歌を論じ、歌を作っているときの上野が、一番、しっくりと上野であり得ている。もう一つ書きおとした。上野の鼻下には見事な髭がある。この髭は――「容貌はイランあたりに通うべし」とみずから歌う、その容貌の象徴であるだけでない。精神の一属性となっている髭である。だから、見事だ、というのである。ヒゲ族の一人として、このことを書き加えて、上野の第一歌集の跋文とする。

あとがき

「未来」創刊に参画して以来幾度か作歌を中断した後、再度「未来」に復帰出来たのは一九八一年の秋である。以後二年数カ月の間、帰り着いた「未来」にはことのほか暖い空気が流れていて、怠惰な私も従来になく静かに歌を作り続けることが出来た。私の如き我儘な不肖の弟子を長く寛容に見ていて下さった師近藤芳美先生に先ずもって深く頭《こうべ》を垂れると共に、「未来」の新旧の友人達に心から謝意を表するところである。

後れ馳せながら今回第一歌集を出版するに当って、過去長い年月に作り溜めて来た大多数の作品を敢て捨て、「未来」復帰以後の作品から三二二首を自選収録することにした。この出版をもって歌よみとしての出発点にしたいという私の願望からである。そして今、スタートラインに立たんとする緊張感の中で、フレッシュな意欲に酔えることを喜んでいる。なお収録した作品の殆んどは「未来」及び昨年自らの手で創刊した小歌誌「みぎわ」に発表したものであり、それを作歌年月順にⅠ〈一九八一年——一九八二年〉Ⅱ〈一九八三年〉Ⅲ〈一九八四年〉と単純に並べてある。

私はここに自作の歌を並べてゆきながら、これは怨嗟の目つきでしか人生を見ることが出来ない卑屈な精神の吐息、もしくは愚痴であろうかと苦笑し、一方で初老の境涯にあってなお安定に遠く、常に「炎」「涼」の両極の情念にいたぶられ続ける卑小な魂の嘆きとも自らを憐れんでいる。いずれ『炎涼の星』とは、人生に裏切られた男のコメディに冠していたく相応しいとする心境のうちにこの一冊を編み終った。

この貧しい作品集を人目に曝すことを決意するまでには、諸先輩や友人達の心強い励ましを多く受けたが、中で跋文を引受けてくれた岡井隆氏のご厚意には大いに勇気づけられていた。身に余る友情と記して深謝する。又諸々の事情に疎い私に詳細な心配りをいただいた河野愛子氏、校閲の他多く手数を煩わせた古明地実氏、さらに出版をご快諾下さった不識書院主中静勇氏に夫々深く感謝している。

上野　久雄

一九八四年六月二十日

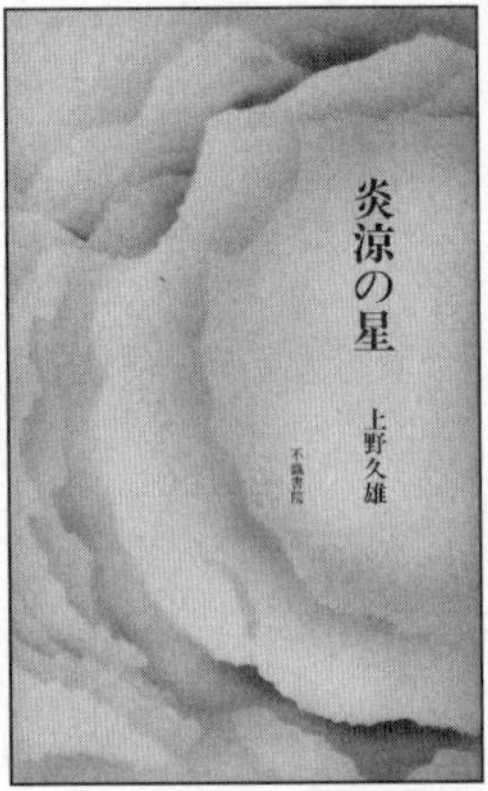

炎涼の星
1984年9月10日刊
定価 2500円
不識書院

夕鮎

目次

I 夕鮎

Ⅱ　冬物語

Ⅰ　夕鮎

夕鮎

日ののこる石に来ていし夕鮎の水激しければ鰭うごくかな

燈《ひ》の下に茶碗の亀裂《ひび》を見ておりぬ人ゆく道のごとくさびしも

この重み放さば焉《おわ》りゆくらんと一つ石塊を吊せり吾は

はるかにも過ぎし不安のかたちにて子を銜え立つ夕闇の猫

遭遇《あう》ものをすべて傷《いた》めてきたりとはよし水に身をゆらすくちなわ

これの身に満ちくるものの久しくもあらずて落し紙ちぎりたる

秘めていし素行のごとも街上をわれより落ちし硬貨ころがる

トーストのげに軽《かろ》やかな歯ごたえや失《な》くして惜しむもののあらずき

浅夜より寝ねんとするは新しき恋愛にゆく思いのごとし

病身の若きすさびに焼き上げし壺に朝々花挿す妻は

夕空の疵

ほどけたる羊の群を追うごとくさびしき距離に石投げており

吾にありて一生無にせしものの眠り老いながらなお童顔をせる

ついにして欺きおえし行為などとじこめて熱き瞼を閉ざす

わが家の無慮数千の白蟻はぬばたまの闇いま渡るらん

隣室を出でゆくときにポキという人間の骨誰ぞ鳴らしつ

意外なる速さにすぎし夕闇の妻が愛用の自転車あわれ

座高たかく坐りてねむる白猫や思えばながく抱かざるなり

春まだき朝《あした》引かるるカーテンの短き音はわが家にせり

しろがねのブドウを彫りてつるしいし子の胸元の淡き夕映え

子は吾になしとはいわな病みこもる家に迫りて白木蓮《もくれん》の咲く

サウンド・トラックのひびきのごとも桶鳴らし娘ざかりの子が湯浴みする

ジェット機の疵つけて過ぐる夕空の青みゆくときわれひとりなる

すがやかに朝とまみゆる棕櫚の葉のまつげのごときひろがりあわれ

陽あそびをしていし白きシクラメン残して来しが街は昏れたり

四尾連湖の霧

あかときの湖《うみ》の渚の霧深し松の巨木を半ば沈めて

つと一羽翔び立ちゆきし郭公の湖《うみ》のなかばにて霧にまぎるる

霧退きて湖面あまねき朝光《あさかげ》にひとりの声を吾は上げたり

苔を這うみどりのしずく湖《うみ》の面に落下《おち》てみどりの小波《なみ》うごくなり

水増してとりこまれたる葦むらにひとつらなりの霧は流るる

渡る日の一日しずけく湖《うみ》の上《へ》の雲にひそみて夕あかりすも

紺のジャケット

すれちがい行きしは若しや昨年《こぞ》の吾たまたま紺のジャケットを着て

左下にかしがる癖の眼鏡してテレビ画面にやつるる吾は

買い替えし時計バンドの圧迫は駅ビルぬけるまでつづきたり

むなしかる吾《あ》が街上を歩む見て西洋般若と人言いしとぞ

わがレジの下のラジオは性懲りもなく競走馬追いつつぞいる

コーヒーを売りつつ聴けば万馬券告げて轟く場内の声

猿面の秋野暢子の顕つねむり不倫のうたを誰ぞ唄える

白鳥と松虫

醒めて聞く小鳥の声は吾が髭に触れにしやわき指思わしむ

卓上の熟れしトマトを覆いいしフキンをはがすこの朝の風

おぼろなる性の記憶にふるるごと湯上がりの耳掻きつつ吾は

仔羊の銜えし紙のゆらぎほどためらいがちな情《おもい》なるべし

みずみずしき白鳥は来て吾が書架に佇みていし夏の夕暮

おみなありて思考を乱す机には反りてガラスの如き松虫

湯気のなか鏡を拭けばあらわれて猛ききのうを思うともなし

水仙の花びらのへり萎えいしと幾夜ののちに憶《おも》い出ずるも

助手席に豁見ているると思いしに溜めたる深き息を吐きたる

幻の秤

秋の日のかくも冷たき柑橘の黄をば皿より掌《て》にうつしたる

夕やみを二つに分くる水脈《みお》は見ゆ泳ぎてゆきしものは見えねど

休日の家の廊下に折悪しく着飾る妻とすれちがいたり

秋は或る日ガラスの部屋にしのび入り鬱金《うこん》の花の白をかこめり

或る秋は薄暮の川に妻立ちて吾が血におえる水捨てにけり

秋の夜の風邪にこもればいつ帰りいつ寝ねたるや妻そして子の

くろがねの梯子をのぼる真夜中の子のハイヒール酔いいるらしき

かすかなる量にかたむく幻の秤のごとも秋の日うごく

紺の背広オーダーなしてこの秋は待つことをこそたのしまんとす

視野の外れに

不承不承に鯉の鰭振る青みどろ彼の頭脳もここに及ばず

立膝にて湯を浴びるたび彼とせし約束一つ思い出ずるも

体温計銜える暮夜の椅子低く趺坐みておれば猿のごとしも

吾の手のランプに直く炎立ち詮索というたぬしきあそび

昨日より姿勢正しく入りて来る彼あり吾の視野の外れに

花の夜は借りを返せぬいいわけを口真似ていてやがて眠りぬ

唐突の死といえど君の白髪の草のごと月に濡れて光れよ

K・Sアナの死　七首

踊り場にデスデモーナとすれ違う小走りの肌かすか匂いつ

八階ゆいのちを投げし哀しみのかなしよ空を雪蔽うなり

追いて来てガラスに寄せし双眸の彼岸にて何に見ひらくらんか

装いて取材に向うジープよりわが名を呼びきその後に死す

残雪の泥にまみれて凍つる地を通夜とて人の踏み鳴らしゆく

如月の花のしろきに見入りては身を捨つるほど純ならずなり

流木のごとく深夜《ふかよ》を流れゆく車の列にいて涙ぐむ

未明の事故

吾ひとり聞くべく居りぬマンションに男女《おとこおみな》の帰り着く声

水の役所の裏通りにて中流の気位に泣くみどりごの声

プラタナス青き木肌を裂かれおり未明の事故と聞きて過ぎゆく

薬草の煮つまるころを人妻のおかされており吾のテレビに

春まだきヘリコプターは薬物に弱りし魚のごとく浮くかな

色つやのなき太腿のさびしさや姪のところも洋式トイレ

眠薬の壜

肺尖部塗りつぶしいる医師のペンその小きざみな音のさびしさ

医院より戻りし床に昨夜《きぞ》一夜身を流れたる汗臭うかも

散薬を髭につけたるままわれは一日一夜を眠りけらしも

三袋《みふくろ》の薬をもらい傘さして病む部屋までの饐ゆきみちのり

病み果つる怯えのゆるぶ午後のときドア引く人のつつましき音

初めての俸給にて購い来たりしと玉なす紫陽花を汝は抱けり

紫陽花の卯月みずいろわが肺のあやうき音をききつつぞ咲く

われの手に彩《いろ》なすコップ紫陽花は病む床の辺に盛り咲くなり

天井の暗しと視力注ぎいつときならずまた吾は目覚めて

一人病む夜のすさびに眠薬の壜の小文字を読みふけるなり

妻を子を遠ざけて病むマンションに暁すぎて日の光り初む

〃どんぶり〃と渾名されにし少年の偏平の胸今に病みつぐ

朝より熱上がりいる手の平に鶏卵《たまご》砕けてかなしむ吾は

一つずつ船窓の灯の消ゆるごと母が眠りに入りてゆきし夜

最終レース

コップ酒半ばを捨てて見に行かん穴馬たちの気負うキャンター

検診をせよと言われしは昨日にて負けし理由というにあらねど

しずまらぬ咳にうずくまるときのまも消し難し白き逃げ馬の影

立ちつくすわが前帰る負け馬が寒気に荒き息を噴き上ぐ

地鳴りして馬群なだるる坂の下呼びつづけ呼びつづけ　われの葦毛よ

幾度か裏切りて来しわが葦毛ついに馬群にて騎手ふり落す

かちまけにしょぼしょぼとする視野の下最終レースの馬引き出さる

被保険者

ラグビーボール程に束ねし郵便を渡されて立つ青葉さ庭べ

不覚にも吾子よとぞ思う暁のポロシャツをわれはもぐり終えたり

おしなべて叛けるものの並ぶごと地下駐車場車は眠る

クーラーのききいる室に人死にて香のけむりが目にしみるなり

暗がりに嚙み砕きいし家猫の牙のひびきもきこえずなりぬ

みずからを所有する実感に遠けれど被保険者として署名せり

真裸にて酔いゆく夜べに誰かありあるかなきかの溜息をする

生きものの眸のごときを窓として吾が家は見ゆ梅雨の真中に

相寝ぬる医師なる夫も気づかずてこと切れいしと聞くはかなしき

朝まだき受話器に遠く海を行く船より妻が吾を呼ぶかな

夜の雷

隠れいしもの顕われて家具の上に雷《らい》の光をよろこびいるも

失いし銀の時計はいずくにかこの夜の雷《らい》にあそびいるらん

バミューダに腿やつれたる夜のくだち死のロデオをばはるかに思う

トニックの今朝はすがしき香りごと狭き自動車《くるま》にこの身を定む

山霧のさか巻く梧桐《きり》の花むらに吾の眼は濡れつつぞあり

むささびの剝ぎたるという杉の粗皮《かわ》幾すじ垂るる谷を越えゆく

八ケ岳南麓の歌会にて

朝よりふつふつと湧く山上の雲の怒りをしずめがたしも

高原の花のさゆらぐ繁みには少女がおりて水を捨てたり

根元よりふた分れする白樺《しらかんば》さながらに燃ゆ山の入日に

この森の深きに夕日ひまもりて生れのおそき蟬を鳴かしむ

八ヶ岳《やつ》の径かゆきかくゆき馬上なるおみなの友を振り仰ぎたる

八ヶ岳南麓の宿星のごと双眸は澄む吾の眠りに

湯はくれないの

——ある秋、岡井隆氏入峡

人間《ひと》なれば面相老いてゆくことのさびしき髭を並めて眠れり

同時代くぐりし瘡はありといえ湯はくれないの山映すかな

床並めて眠れる君が声として朝まだき闇にしわぶき一つ

暁と思うころおい灯はともりせわしきペンの音をききしが

滝しろく迅くしぶける谿底の湯にこもごものスリッパを脱ぐ

いつまでも渓に着《つ》かざる紅落葉《べにおちば》ふたたびみたび吾が視野を出づ

吹雪くアルプス

昨夜の雪斑に浴びし甲斐駒の渓へ間近く椅子を引き寄す

突風を盆地の闇に放ちたる山々の意志夜半にきこゆる

シクラメン選りいる妻をデパートに見て年の瀬の街にまぎるる

胸底へ張りめぐらせし根のごとき硬き痛みは夜もすがらせり

つつましくまして明るき噴泉のその水のこといくばくか知る

真白くシャワーを浴びて来し猫に冬日のゆるぶ椅子あけわたす

肺活量この冬わずか衰えてアルプスの吹雪く街歩みゆく

頸の根にひやりと来たる女童《めわらわ》は空高き凧を見たしと言えり

憤然と雪にまみるる甲斐駒が朝《あした》の雲をやりすごしつつ

春の畳

ヨガという深き呼吸を習うべく春の畳に腹這う吾は

湯上がりの女のような木は茂る春のはじめの雨、水たまり

喘鳴の日ぐせとなりて聞こゆるをブルーの泡に今朝はまみれて

浴室のにおいとなりてうつしみの漢薬草はしみ出ずるかな

アメリカの映画観ていし父と娘《こ》は暁のころ寝床に行くも

わが払う日給をもて身過ぎするおみなの媚も知りつつ過ぎぬ

かなしみの身ぶりにゆるる新蔓を棚にくくりて男ありけり

この夜来しおみなのひとり三角にトイレの紙を折りて帰りぬ

トレーナー着こなす妻が庭にいて今朝わが自動車《くるま》導きくれぬ

半ばまでは酒の挙句のこととして一つの傘に寒がりて寄る

わが髪膚炎となりて飛ぶきわみ見えかくれせる夜半のたぬしき

わが病今日はしずかにひそむらし柑橘の間を海へと下る

鮠のかがやき

五日ほど独りし暮らす朝方の夢に一群の鮠のかがやき

銀行の混み合う午後に一途なる瞳《め》にあいしかどはやく忘れつ

ここに立ちてものを煮ていし汝がことありありと青き炎は並ぶ

或る夜はペアーのパジャマそのことも死にゆくときにしみて思わん

我が儘なテリヤを連れてくるときの老美容師を吾は好めり

誤りて入りたる部屋に藍深きシャツ着て昼を児は眠りいつ

いつしかも手首にはめし糸ゴムをまさぐりておりひとり目覚めて

浄化槽清掃業者来ておりて無口な妻を喋らせている

妻が喰い子がくいてゆく音ののち深夜のごとき朝をねむりぬ

花の腐臭

くらがりに氷嚢さぐる己が手のあわれ再び胸にのせたる

胸板にくくられていし氷嚢の朝は臓器のごと温みいる

問診のさなかにふいに浮びいずる母の貧しさは吾のさびしさ

かなしみを曳きずるごとく掃除機の近づきてくるわが家に覚む

ガス器具に種火が三日つきしまま吾の帰るを待ちいしあわれ

癒えぬまま戻り来たりし机には散らざる花が腐臭を放つ

この夜に死ぬ人ありて故もなくわが口髭を思《も》うにやあらん

燈《ひ》ともすナース——入院 I

吾にベッド与えて婦長去りしのちしるき夕焼けはアルプスに降る

定められしベッドに早く消燈のときさて直し吾の五体の

涙ぐむことを覚えし幼子は病床の祖父に手をさしのぶる

三階の手摺にかけしバスタオル一羽雀の来て踏みあそぶ

膳運び来るナースらの薄化粧明るき雨の降りしぶきつつ

晩餐のさなかにすくと立ちゆきし一人《いちにん》は死を急ぎしならん

手に燈《あかり》ともしてナース行く夜半の死神はその先の歩廊に

眠るがの最期と声をひそめあう外《と》の立話覚めて聞きいき

隣室より廊下に出でし亡骸に幾人かまたかけ寄る音す

搬ばれてゆく人間の亡骸は白髪うすく揺れいたるのみ

嘴をもつもののごと見下ろせる風のゆらしてゆく桃のすえ

畑掘りて湯の出ずる待つ一人に折々会いに来る女あり

「婦人部のみなさん」という放送は町のはずれの病舎に聞こゆ

五月のひかり――入院Ⅱ

靄ふかき右肺尖端　灯ともして航《ゆ》く船見えていしが眠りぬ

声嗄るる病をもちて隠《こも》らえばさびしかりけん森の夏鳥

検温のコールははるか天よりのその朝々の声のさびしさ

目が覚めて即ち数う心拍の靄深き海に鳴ると思えば

カロリーを計られてくる食膳のメロンに濡れて五月のひかり

明け近く淡きジェラシー流れたる血はゆっくりと注射器に満つ

眠りからねむりに渡るマリアンの半日本語の卑猥なるかな

朝刊を読みに降りゆく外来にことに白衣の胸の若やぐ

脛の毛のゆらぎつつ浮く浴槽に献体となる夜の池を思《も》う

消燈のころ世をしのぶごとく来て美しかりき汝がサングラス

Ⅱ　冬物語

父と子

くろがねの鋏にバサと切り落す昨夜の夢に垂れいたる紐

椅子深くおかれていたる冬帽子谷越えて見し湖のごとしも

暁をいずくに発《た》つや鶴のごとひそけく梳きているものの影

妻や子をないがしろにせる生き態の父に似つ父より軽薄なれど

投票にゆく吾と娘《こ》は日常をかくある如く和みつつ行く

子は叛き去りたる炬燵妻が手の甘菓子ちぎるたびこぼれ落つ

口さむく歯科医出できて公園にパン喰う父子の傍を過ぐ

潰えゆく家のしじまに飼猫は人に甘えて啼きつづくなり

子は一人死にしと思えば耳鳴りのはた木菟《みみずく》のくぐもり啼くも

勘当はしかじかなれば弁護士のファスナー走る大き鞄に

背の汗を目ざめては夜半拭くことも気の立つことも病みすぎし後

身辺に石塊《いしくれ》を見ぬあけくれや背に冬となる風は聞えて

シャワー

祖母眠る遠き墓処を言い出ずる秋深き夜の娘《こ》のこころはも

しどけなき朝のベッドに娘《こ》のよみし歌を拾いて父はかなしむ

混合の悪しき湯の散るシャワーあり記憶の外のごとく来て浴ぶ

煎じたる薬液を注《つ》ぐ小壜の肩までとなき夜々のさびしさ

いつの日かこころは動き刷りたりし名刺のひそむ秋のジャケット

病みやみてねむりにおちし妻の辺のくらがりの水われは捨てたり

操縦室《コックピット》に輝《て》る夕映えの思ほえて西空へ今ジェット機は入る

冬物語

ああ、ああと答えていしにどちらかが酔いつぶれたる冬物語

光より逃れて人は眠るべくマンションに一つ吾が燈《あかり》のみ

しずしずと駅前の木に雪降ると告げいたりしが電話は切らる

夕雲の近づく階の一室にチャイムが鳴ると覚めしさびしさ

湯気の下に魚の貌の覗きでて雪の夜ごろのわが一人鍋

みごもるを愁《うれ》える低き猫のこえ雪のガラスの外《と》に遠ざかる

冷えきりて暗がりに待つ短靴の右左《みぎひだり》われの足におさまる

沈むとき上下にくらくゆれたりし飯の茶碗を思うときのま

フランス映画

ゆえしらぬねたみごころは階段に生《あ》れて会場までつづきたる

わが恣意のまま力走し来し車《カー》を曙の海の砂に睡《ねむ》らす

不揃いの乳房稚く脱ぎいしが激しき水に身を覆いたる

明けのころ酔いのめぐりは盛りつつ硬直をせるノブを摑みつ

隣室の深夜の音は手のひらに果物をのせて洗えるならん

花いろの暮靄《ぼあい》にまぎれ越ゆるとうこえゆく声のきこえはじむる

昨夜《きぞ》遂げし紙のごとかる性行為晩夏の空に汚染《しみ》一つおく

頭髪《かみ》白くなる年頃にあこがれしいつなりしかなフランス映画

地上には一点の吾

ウイルスは肺深く入り神々の恋の戯《あそび》を読みなずみおり

夜半雪となりし厠に放たれし妻が激怒の水洗の音

うつしみの睡りたらざるまなこには毒を逆吐《もど》せる鼠一匹

書き損じたる不祝儀の袋一つ卓に残して妻あらぬかも

送られてしずかに動く酸素ありこの朝肺のよみがえりいて

妻が手の葱のかおりはいちはやく熱もつ肺にしみて匂えり

腕時計ゆるくなりしと病室を去りてゆく手に巻きつけており

夕暮れはいずくか病めるけだものが車の裏に咳こみいたる

たしなめて人言うときに口髭のめぐりが痒し外《と》は春の雪

トイレにて目くらみたればもらしたる何というさびしき狼狽のこえ

バイパスに出て喰う店の三つほど思いめぐらしていたるさびしさ

朝空に一点の鳥地上には一点の吾かたみに遠し

杜ふかき死　六首

口角にスープがぬるく洩るる朝杜ふかき死をニュースは伝う

小きざみに木原を歩む晩年のこのしずけさを天皇とせり

ポインセチアの朱《あけ》の葉散れる暁《あさ》の家しずかならざる死は来りたり

風呂払う湯のゆく穴の深ければ天皇の死をいたみて鳴れり

腺癌とう生々しかる死病得て人故堪えし百日余

はるかにもわれに祖国はありしかど映されて濁るモノクロ昭和

午睡のタオル

美しき発疹をもつ女童《めわらわ》の腿にはかろき午睡のタオル

胸板に老いし男のたもちいる乳頭という二つおもしろ

人間であるかぎりなる一枚の皮さえ脱ぎて或る夜わたくし

まぐあいのたびいくばくかそのししにかなしきしるしもしのこるべき

キャバレーの排水走る床下のしずまるころの噂の女

象男に似たるポットは鳴り出でて耳の小さき子を思わしむ

思いおもいに花は茂ればポケットに忘れていたる手をとり出だす

扇風機に青白き胸を吹かせおり去りたるものの跡形もなく

湯上がりのサロメチールは清純のもののごとくにわが膚にしむ

屋上の雨

ベッドには行かずソファーに眠る子の気味悪き癖梅雨降りしきる

土砂降りのポストの口を拭いいし昨夜のわれを見しと告げくる

郵便切手買う背後《うしろ》よりわが腰をみどりごは蹴る母に抱かれて

ことにこの眼鏡をたたむ真夜中の直き指《おゆび》を見たるたのしさ

薄墨のごとき穢れを流しては深夜の水を指はよろこぶ

眼下に妻の働く灯は見えて脚迅《あしばや》にいま屋上の雨

眼光はさもあらばあれ盗人のごとくさびしき甚平を着て

たらちねの母あらずとも小づくりの籾の枕を借りて眠らな

柩の耳

――河野愛子をかなしむ

華々の薫る柩に耳さめてわが靴音をきくと思わん

花献げ去るほかはなき星月夜君の目くばせはこの夜あらずき

くりかえし死の迷冥の夜のことを語りいたりしがその夜越えたる

ふりむきて眼鏡《サングラス》の下にたたえいし姉よりあつき笑みのいくいろ

連れに来る兆しあらんかと風を聴く暁の高き窓にもたれて

夜の風に打ち合いている向日葵のひと呼ぶごとき黄の首の揺れ

会うことを許さざりにし病床のひそけき口紅《べに》の筆の思ほゆ

トルコ桔梗挿してほのかに闇ぞある死の際の声きかしめよ闇

跫音

タクシーを降りたる真夜の跫音はわが窓の灯を見上ぐるらしも

十日まり履きつづけたるソックスは妻の手桶に沈められいる

いずれ又俺を探すさというように芝生に埋もれいたる刈鎌

夏草の根までも攻めて朝々の泥の臭えるわが手を洗う

不明なる父なれど吾は父なれば手力かぎり蓋ねじりおり

缶詰にされいし肉は皿の上にかたくなに缶のかたちを残す

たかぶりて口走ることわれにありて逸早く猫が椅子跳び下りる

手洗う女

はるかなる傷害罪のうずくがに一夜こがれていしにあらずや

ほとばしる水に震えいし大根のそのみどりの葉切り落とされつ

ある夏のラフな行為を無双なる裸の技を観つつ思えり

石鹼のにおうがごとき振舞いに昨《こぞ》の夜はやく亡びてゆきし

食べ終えて空きたる大き器かな無味な別れを思わしむるも

わが傘の滴が半ば濡らしたる玄関去りてその後訪わず

こころねに消えざる恥の二つ三つくらき房実のごとく垂るるも

いま終えしこと知らねども降り初めし雪の庭にて手洗うおみな

桜前線

むらむらと金銭の欲起こるべく大いなる牡馬《ぼば》の背後にわれは

スヌーピーの枕時計は異《い》な時にいな声出して妻怒らしむ

コートより裾長く着るワンピース迷うなく来よ春の一番

終生の父こそ敵とう軽口は桜前線のうしろより来つ

ジーンズの下はも直《じか》に手に触れてひとの隠している柔らかさ

ひくひくと昨夜《きぞ》の名残のごとくにも剃刀当てし頬はひきつる

一点を見させておいてその隙に手品のごとも成りし恋はも

地にふるるまぎわに淡き影なして花びらは敷く靴のめぐりに

夕暮れの二人

湖面にはわれに見えざる魚のいてたわやすく夕べ鳥はとらえつ

たわやすく鳥のとらえし夕魚《ゆうさかな》空ゆくときにあわれ光りつ

高き木に人間のいるさびしさは小公園を歩みつつ湧く

焼香の列に入り来しＯＬのにおいを一日記憶しつづく

昼寝よりさめたる床にスリッパの二つの紺のさびしからずや

母呼びて泣く児《こ》の声はわが家にまさしく起こりきこゆるものを

助手席に載せてくれたる筍は父母の山匂わするかな

花の水替えんと寄りし連休の事務所に鳴りている電話あり

花提げてゆく夕暮れの二人《ふたあり》を墓石一斉に振り向きにけり

やがて静まる

ごくごくとわが手の水をもらいたる去年《こぞ》の紫陽花この宵の汝

故もなく娘の嗅覚をおそれては眠れる顔の傍を過ぐ

どちらからともなく腕時計はずし合う夜半なれば他にすることもなく

八ヶ岳南麓の陽にこがしたる男の顔の色二、三日

まかがよう昼のプールに足裏の白きが沈みやがて静まる

許せとて妻に手をのべ息絶えし主人公よりいくらか悪し

七、八箇むかれてうるむ茹たまご瑕《きず》一つなきおみなはたから

祝宴のことのついでに拵えし三女というが笑みて会釈す

眠りつつのど鳴る猫を思うかもひとの傍えに今朝は目覚めて

腹立たしげに言ってましたとにこやかに吾の寝言を告げて去りにき

白木蓮の咲く窓

会うことも稀となりたる妻や子の眠りの顔のみな怒りいる

子とわれと罵り合いし頃よりか隣家のあるじ疎くなりたる

出生以前の刀剣不法所持町の巡査がメモしてゆけり

わずかなる株の売価に隣りたるとうに忘れし電話番号

わが汗のしたたる砂を過ぎるときついに小走りになりて蟻ゆく

吾が部屋より子の部屋に這うコードあり或る朝音もなく動き出づ

外出の間際にうつす鏡ありて子はかたちよき頤《あご》つき出だす

子もわれもパジャマのままに白木蓮《もくれん》の咲《ひら》きしガラス窓に並びつ

どぶねずみ

「どぶねずみ」「このどぶねずみ」夕暮れのここの路上をよろよろと逃ぐ

夕昏む広場に立てる吾《あ》を見いで八ヶ岳颪矢のごとくに来

仮眠せる男の椅子に置かれいし銃の重みが手に残りたる

前方《まえ》を行く乗用車《くるま》の窓に手が出でて眼にはとまらぬ物捨て落す

眠りおえて伸びをするときさびしくも腸を下りてゆくもののあり

クラクション鳴りしばかりにペン止めてつきつめてゆく自が浪費癖

ガレージに腹這いしまま威嚇せし彼の犬奴われの顔は見ざりき

スリッパもタオルも家のもの決めて隔離患者のごと父は居る

たましいに埃をためているならん引き出され来し紅《あか》き中古車

珍獣

かぐろかる月の夜の下鉄棒にぶら下がらんと吾は行きしか

ものの音絶えたる夜半激しくも棚より落下したる一冊

妻と子の眠りしのちの暗がりに生きものがいて尾をゆるが見ゆ

純白の子のスリッパは濡れていき花の鉢より水したたりて

言いかけて言わざることは夕べより朝《あした》に多く妻は坐れる

街上に妻拾う宵車内には海草の香が流れ入りくる

トイレより吾が出でしかば児の瞳珍獣《けもの》見上ぐるごとくかがやく

妻が煮て吾が食う朝のジャガイモの淡き色香のかわらざれども

色あせた氷枕《ひょうちん》のような男ありて不倖な妻のことばかり書く

秋の陽にその軀ころがしかなしめよ甲府まで連れて来られしパンダ

一介のというときすこしさびしくて自己紹介を終えしわが友

今日われを呼びとめしときはらはらと木通《あけび》のたねを吐きし友はも

水槽の泡に逆立つ魚の目にみすえられいき秋の夜のふけ

しあわせが二つかがよう如くにも風呂這い出ずる幼子の臀

走り抜けて行くとき兵のごとくにて今日も芝生に雀子来たる

保険証忘れ来しかば窓口の青年の理路すがすがしけれ

美《は》しきフィニッシュ

潦《にわたずみ》よんどころなく跳ぶ犬の夕日の中の美《は》しきフィニッシュ

新宿の木蔭に見れば娘より母美しく連れ立ち行けり

連休の母を連れ出す娘《こ》のこえの湖《うみ》わたりゆく鳥の声めく

父の如青葉の闇は息子《こ》のごとく青葉の闇はかぎりもあらぬ

靴の紐むすぶやさしき指さばき帰りゆく家を君はもちいて

この家を救わんとして蜂たちや燕たちは驟雨《あめ》ののち来も

寝に就きし前後が思い出だせねば歯を磨きにゆく暁《あかとき》のころ

小ぶりなる籾がらまくら純白の布に被いて眠れなという

湖上なる小舟に乗れり人はみなやりのこすこと多くし死なん

青葉山

花まつり過ぐる夜のころかがよいて白き裸身の湯をはじきいき

君を蹴る胎児のことはそれとしてしずかに熱し外《と》はみどりの炎《ひ》

うすみどり白の小粒の花ともにゆれやすきかな夕空のリラ

糸屑のようになりたる花骸《はながら》をつまみてこの夜指はよろこぶ

ひまわりの朝より炎《も》ゆる花のかげ素足の汝をのぼる蟻見ゆ

淡水より牛乳《ミルク》に溶けてゆきやすき若きハニーをたのしむ吾は

サーカスのけもの美少女胸乳のしこり切開して死にしひと

バスタブの泡より出だす脚青し青年のままわれは老ゆべし

これの世の果てに敷かれてあるごとき夜具の縞目のあらき夜のふけ

大空に白鯨《はくげい》のいるあさぼらけ桃咲く村の深きねむりに

青葉山麓の柵にいる馬にまばたきさせて蝶ありにけり

驟雨

片方の翅をとざさぬまま蜂はガラスの内の薔薇の花欲る

背丈ほどの浮輪かかえし女童《めわらわ》と夕立すぎし道に行き逢う

葉のゆらぐ刹那墜ちゆくかなしみの銀のうす羽の蟬のひかりは

夜半のころ瀑布となりて降る雨に逃げゆく蟬のあまたなる声

病室の網戸にすがる蟬たちの目ざめるまでの曙の空

昨夜より今朝大方は死にしらん蟬のうごきのかそけくなりぬ

教会のフェンスの下にぴらぴらに夏草のもつ寂かなる映え

わが芝に昨夜しのびて来し驟雨銀の仔犬をおきざりにせり

誰が来て引けども音の無きドアーかすかに神が音たてて入る

あとがき

第一歌集『炎涼の星』につづく私の第二歌集である。『炎涼の星』を出した後の昭和五十九年秋から平成三年まで、七年余の作品の中から三百六十六首を選び、ほぼ制作年順に並べた。収めた作品は殆ど歌誌「未来」「みぎわ」に発表したものである。

この七年余の歳月は、先年、自らの手で創刊した小誌「みぎわ」の育成や、それに伴う地域の啓蒙活動のために費されていた。途中から「未来」の編集に関りはじめたりして、それこそ短歌三昧の生活を自らに強いてきたのである。この期間は過去のどの時期よりも多く短歌について考える機会があったように思うのだが、さて、実作について顧みると甚だこころもとない気がする。啓蒙活動という粗雑な、そして煩瑣な日常の中では、じっと腰を据えて歌ったことなどなかったのではないかと、今となっては少し悔しくも思えるのである。

或は日常、身の裡に生滅する雑念にちかい思いや、淡々と胸中を過ぎようとする感情を、ただ見逃さないようにと、注意深く暮らしていたにすぎなかったのかもしれない。

『夕鮎』という鮎の呼び名はこれまでにはないのだろう。しかし、夏の終りごろ、川岸の浅瀬にきているしずかな鮎の姿には、この呼び方が相応しいと思うのである。めくるめく鮎の季節が過ぎた或る夕べ、水石の傍に身を寄せて息づくように鰭を振る鮎を見たことがある。その水辺の、はかなくも凛々しい鮎の姿と、その夕べ、私の胸をかすめた故知らぬかなしみが忘れ難く、ひそかに『夕鮎』と呼んでいとおしんでいた。歌集名とした所以である。

この歌集を上梓するにあたって、ご多忙中を岡井隆、小池光、松平盟子の三氏から栞のお言葉を頂戴した。又、大島史洋氏からは種々助言をいただいた。日頃のご交誼ご支援共々に深く感謝申し上げる。

なおご指導をいただいている近藤芳美先生ご夫妻をはじめ「未来」の諸先輩にこの際心より御礼を申し上げる。

第一歌集につづいて今回もまた不識書院の中静勇氏に良い本を作っていただいた。ただただ感謝である。

平成四年二月五日

上野　久雄

夕鮎
みぎわ叢書第９篇
1992年5月10日刊
定価 3000円
不識書院

上野久雄略年譜

昭和二（一九二七）年
二月二十二日、山梨県東八代郡錦村（現御坂町）二之宮の農家に生まれる。父甲之助、母すみの三男。

昭和十四（一九三九）年 12歳
この頃から父の影響を受け自由律俳句を作る。
〈大戦果なり地に野菊の花〉
〈落ち葉ちれちれ落葉の下に僕立てば〉
〈桑の木葉なく朝をはっきり山のかたち〉
など多数。

昭和十六（一九四一）年 14歳
横浜市神奈川区青木町に住む開業医の叔父を頼って転居。

昭和十七（一九四二）年 15歳
中塚一碧楼主宰「海紅」に入会。二年後「俳句日本」に統合されたのを機に退会。俳句を止める。筆名、一刀。

昭和十九（一九四四）年 17歳
八月、喀血して肺結核の発病を知る。この頃から太宰治の小説を読み耽る。

昭和二十（一九四五）年 18歳
五月二十九日、早朝B29四百機の爆撃により横浜市の大半焼失。下宿焼失。一日逃げまわった後、横浜駅構内に眠る。
八月十五日、あてどなく彷徨していた三浦半島の私鉄駅の人だかりの中で、戦争の終りを告げているのだという天皇の声を聴く。

昭和二十二（一九四七）年 20歳
十二月、大喀血。大量の血を見て俄に生命への執着がわく。

昭和二十三（一九四八）年 21歳
横浜市戸塚区にあった国立療養所「浩風園」に入院。喀血をくりかえしながら、末期結核患者として絶対安静を余儀無くされる。当時、同療養所短歌会を指導されていた近藤芳美先生を知り短歌への関心を深める。間もなく歌集『早春歌』を入手。これを唯一の手本として作歌を始め、先生の添削を受けたりした。

昭和二十四（一九四九）年 22歳

アメリカ製特効薬ストレプトマイシンを闇ルートにて母が入手。この注射により死期の迫っていた病状から奇跡的な恢復、四十キロ以下に痩せ細った体が三ヶ月後には六十キロを超え、「結核は治る」と所内に歓声の上がる日々であった。

秋、左肺に胸郭整形術を施す。肋骨七本を除去。三回の手術の後、病状安定。

昭和二十五（一九五〇）年 23歳

九月、甲府市山宮町の国立療養所「清楽荘」に転院。同所に短歌会を創り近藤芳美先生の指導を受ける。メンバーに生田和恵（現在吾妹）、村松和夫（未来）、黒田ひさ江（朔日）等々がいた。

「アララギ」入会。土屋文明の選を受ける。山梨アララギ会「山梨歌人」に作品を発表し始める。

昭和二十六（一九五一）年 24歳

歌誌「未来」の創刊に参加。

昭和二十七（一九五二）年 25歳

患者自治会委員長となり、病養者の人権や生活改善について所長と対立、度々退院を強制される。

昭和二十九（一九五四）年 27歳

四月、同療養所を退院。社会的治癒を見ないまま六年間の闘病生活にピリオドを打つ。療養所側の圧力に屈したわけではない。

五味サチ子と結婚。甲府市湯村町に住む。

山梨毎日新聞社の記者となる。

昭和三十（一九五五）年 28歳

「アララギ」「山梨歌人」退会。

十一月、長男祐一誕生。

昭和三十一（一九五六）年 29歳

古明地実、阿部完市、村松常男らと「甲府未来」を創刊。停滞する山梨県下の短歌風土に新風を吹きこもうとする。

昭和三十二（一九五七）年 30歳

一月、第二未来歌集『河』に参加。「漂う紙片」一〇〇首を収録。

六月、甲府（新青沼町「万集閣」）で「未来大会」を開く。そのとき、勤務する新聞社のストライキの最中でもあり、書記長であったことから悲壮な二日間を過ごした。

十月、山梨毎日新聞廃刊。同社退社

昭和三十三（一九五八）年 31歳

週刊雑誌「サンデー山梨」を創刊。編集発行人となる。スタッフ十一名。本文32頁の小冊子ながら多数の読者獲得。

「甲府未来」の発行止まる。

昭和三十五（一九六〇）年 33歳

甲府市中央一丁目に喫茶店「ラ・セーヌ」を開店。

「サンデー山梨」の発行をｋｋ東都山梨新聞社に譲渡。

昭和三十八（一九六三）年 36歳

「未来甲府派」を出す。

昭和三十九（一九六四）年 37歳

十一月、長女彰子誕生。

昭和四十二（一九六七）年 40歳

ＹＢＳテレビにレギュラー出演、司会を担当。この頃、ゴーストライター風の仕事多く、作歌を中断。

昭和四十八（一九七三）年 46歳

八月、「未来雲峰寺大会」が塩山市で開かれたが、不参加。その折、近藤芳美先生ご夫妻をはじめ川口美根子、大島史洋、本田そのえ氏等の訪問あり。経営するラ・セーヌで懇談。その夜、長男の出場（全国高等学校野球大会）する甲子園球場へ向かう。

昭和五十（一九七五）年 48歳

ＹＢＳラジオのパーソナリティとして週三時間のトーク番組「モーニングサロン」を担当。同番組に〝短歌を作りましょう〟というコーナーを設けて短歌を作り、聴取者からの投稿を受ける。高聴取率を長期間持続。

昭和五十五（一九八〇）**年**　53歳
ＹＢＳ放送短歌会発足。放送局主催の「歌評会」を開く。

昭和五十七（一九八二）**年**　55歳
「未来」に復帰。
「モーニングサロン」終る。

昭和五十八（一九八三）**年**　56歳
十一月、ＹＢＳ放送短歌会を解消。同会々員の発表の場として歌誌「みぎわ」を創刊。河野愛子氏を講師に招いて創刊記念歌会を開く。
ＮＨＫ学園添削講師。

昭和五十九（一九八四）**年**　57歳
九月、第一歌集『炎涼の星』を不識書院から刊。

昭和六十一（一九八六）**年**　59歳
七月、入門書『短歌教室』を飯塚書店から刊。
山梨日日新聞歌壇選者となる。

昭和六十三（一九八八）**年**　61歳
七月、『短歌教室2』を飯塚書店から刊。

平成二（一九九〇）**年**　63歳
「未来」編集委員。

平成四（一九九二）**年**　65歳
五月、第二歌集『夕鮎』を不識書院から刊。
八月、第三歌集『喫水線』を六法出版社から刊。
十月、「みぎわ」創刊十周年特別企画「近藤芳美甲斐を歌う」と題する三日間の吟行に随行する。

平成五（一九九三）**年**　66歳
四月、「近藤芳美甲斐を歌う」の二回目の吟行に三日間随行。都合六日間で山梨県下を隈なく踏破、近藤とし子、吉田漱氏をはじめ百余名参加。
九月、「みぎわ」創刊十周年記念号に「甲斐路随行」一〇四首を発表。
九月十二日、創刊十周年記念大会を甲府市古名屋ホテルで開催。岡井隆、小高賢、道浦母都子三氏の記念鼎談「短歌における世代間の対立」を主催する。

平成六（一九九四）年 67歳
十二月、第四歌集『バラ園と鼻』を砂子屋書房から刊。

平成八（一九九六）年 69歳
近藤芳美歌集『甲斐路・百首』を編集。

平成九（一九九七）年 70歳
六月、「みぎわ」月刊誌に移行。
八月、「未来」全国大会を主催、第十三回「みぎわ」大会を同時に甲府富士屋ホテルで開く。
同年、山梨県立文学館の特別企画展「現代短歌の宴」に「みぎわ」同人五人と共に参加。

平成十（一九九八）年 71歳
十一月、創刊十五周年記念号を刊行。「創刊十五周年に寄せて」近藤芳美、寄稿作品＝岡井隆、小池光、道浦母都子、鼎談「みぎわ十五年の歩み」＝大島史洋、三枝浩樹、上野久雄。

平成十一（一九九九）年 72歳
一月、新年歌会、及び創刊十五周年記念会を講師に道浦母都子氏を迎え、山梨市フルーツパーク富士屋ホテルで開く。
十一月、山梨県文化奨励賞受賞。

平成十三（二〇〇一）年 74歳
七月、第五歌集『冬の旅』を雁書館から刊。

平成十四（二〇〇二）年 75歳
四月、初エッセイ集『夢名人』を山梨日日新聞社より刊。

平成十五（二〇〇三）年 76歳
五月、『上野久雄歌集』（現代短歌文庫）を砂子屋書房から刊。
十月、創刊二十周年記念大会を甲府市ホテル談露館で開催。講演、小池光氏。朗読、岡井隆、上野久雄、さいとうなおこ、佐伯裕子、黒木三千代、稲葉峯子、花山多佳子、畑彩子、河野小百合の各氏。同時に創刊二十周年記念号を刊行。岡井隆、信田一信氏ほか執筆。

平成十六（二〇〇四）年 77歳
四月、「上野久雄の喜寿を祝う会」を会員有志により甲府市ベルクラシックで行う。

平成十九（二〇〇七）年 80歳

三月、「みぎわ」通巻二〇〇号記念号を刊行する。大島史洋、小池光、花山多佳子、佐伯裕子の各氏寄稿。

五月、上野久雄傘寿記念歌碑が笛吹市御坂町の美和神社境内に建立される。歌碑除幕式および記念短歌大会、表彰式、傘寿祝賀を甲府市ベルクラシックにて行う。

平成二十（二〇〇八）年 81歳

八月、山梨日日新聞歌壇選者を退く。

九月十七日、午後八時十八分、甲府市の山梨病院にて呼吸不全のため永眠。享年八十一歳。

文庫版解説

余白のなかの悲哀

吉川　宏志

私は、上野久雄の『夕鮎』を読んで救われたと思ったことがある。私は十八歳で歌を始めて、いわゆる青春歌を作ってきたが、二十四歳のときに子どもができて、それまでのような歌い方が、どうしてもできなくなってしまった。もちろん、多くの家族詠が従来から作られているが、自分の目指すものとは違うような気がしていた。そんなときたまたま『夕鮎』を読み、強く魅了されたのだった。『夕鮎』刊行時、上野は六十五歳であった。二〇代前半だった私はどこに惹かれたのだろう。

吾が部屋より子の部屋に這うコードあり或る朝音もなく動き出づ

たとえばこんな歌がある。家族詠の範疇には入るだろうが、雰囲気はかなり異なっている。家族を親しい者として捉えるのではなく、徹底して〈物〉を通して歌っている。人々の姿は、影絵のような存在感で描かれるのである。そこに、孤独と、生の危うさがおのずから滲み出している。

文体は新仮名ですっきりしていて、意味も明瞭なのだが、どこか謎のようなものが残る。このコードの歌も、何かを言っているわけではないのだが、不穏な空気感だけは確かに伝わってくる。どのように家族を——あるいは他者を歌えばいいのか、一つの指針が見えた気がした。

だが、『夕鮎』について詳しく語る前に、『炎涼の星』を論じておく必要がある。第一歌集と第二歌集のあいだで何が変わったのか。それを捉えることで、上野の歌の方法論が見えてくるからだ。

珈琲よもっと脹めさびしかる店主の注ぐ熱き湯浴びて
身構えて声まじえいし一日の果てにマイクは黒光りすも
紙幣をば部厚くある日吾は持ち馬匹の臭う陽をくぐりゆく
球場に土運び人は働きて春待ちおれど吾子よどうしている
明日は行きて金の無心をする口が尖りて熱きものを吹きおり
無頼なる一生《ひとよ》とおもう夜の駅にまろびてひそと血を喀きていつ

若し神の吾を許せど許すまじき妻が雪掻く雪けむりして

『炎涼の星』は、独特の人物像が強い印象を残す歌集である。さびれた喫茶店の店主であり（一首目）、ときにはラジオでDJもやっている（二首目）。そして、甲子園に出たこともある息子は行方不明らしい（四首目）。さらに結核を病んでいて、ときどき喀血することもあるようだ（六首目）。なんとも謎めいていて、ハードボイルド小説の登場人物のような風貌が浮かんでくる。

そして競馬（三首目）。「紙幣をば部厚く」というのは、上野さん本人から話をうかがったことがある。百万円くらい馬券を買って、全部擦《す》ってしまったこともあるらしい。上野さんはとても紳士的な人であったが、「お金が消えてしまうときが、小便を漏らすくらい気持ちがいいんですよ」と静かで低い声で語っておられた。そのとき、この人は本当にヤバいと感じた。

五首目は一転して、借金に追い込まれたときの歌。情けない自分を、客観的に見つめた歌がまた巧い。「熱きもの」とは珈琲かお茶だろうが、はっきりと書かないことで、ぼやけた映像のような効果が生み出されている。後述するが、〈書かない〉という手法は、『夕鮎』でさらに展開されていくことになる。

七首目の「若し神の吾を許せど」は、普通であればちょっと大げさなのだが、この歌集を読んでいくと、そんな罪悪感を抱くようなことが過去に確かにあったのだろうと納得させられる。「妻が雪掻く雪けむりして」という下の句に勢いがあり、一首をしっかりと支えている。上野の歌には感傷的な面はあるけれども、文体の骨格が堅固で、写実的な描写にも鋭さがあるので、甘くなりすぎない。そのあやういバランスが、独自の魅力を生み出している。

ひた走り行く夜の後部座席には君忘れゆきし花桃一枝

こうした秘められた恋を思わせる歌もしばしば混じる。これも「君」を直接歌うのではなく、「花桃一枝」という具体的な〈物〉で、慕情を匂わせるところでとどめている。抑制が効いているのが洒脱なのである。上野の歌には一貫してダンディズムがあるが、この一首もその好例と言えるだろう。

『炎涼の星』はじゅうぶんにおもしろい歌集だが、エピソードを語ろうとする意識が、まだ強い。作者の辿ってきた波乱の人生に圧倒される一冊なのだ。ところが『夕鮎』では、出来事を直接的に述べるのではなく、歌と歌のあいだの空白に語らせるという技が冴えてくる。歌の並べ方により、深い奥行きを生み出しているのである。『夕鮎』の冒頭の数首を見てみよう。

日ののこる石に来ていし夕鮎の水激しければ鰭うごくかな

燈《ひ》の下に茶碗の亀裂《ひび》を見ておりぬ人ゆく道のごとくさびしも

この重み放さば焉《おわ》りゆくらんと一つ石塊を吊せり吾は

はるかにも過ぎし不安のかたちにて子を銜え立つ夕闇の猫

一首目は「鰭がうごく」という観察が細かいが、それによって川の水が澄んでいることも伝わってくる。「夕鮎」という語も哀愁を帯びている。その気分を引きずりながら、二首目の「亀裂《ひび》」、「人ゆく道」の語に触れるとき、生の嘆きがさらに強く響いてくる。三首目では、自分の抱えている苦悩を手放せば楽になれるだろうに――しかしそのときは自分の生も終わるだろう、という暗い覚悟が示される。四首目は、「はるかにも過ぎし」と言いつつも、やわやわとした猫の姿から、生きることのおびえが滲み出ているようだ。

心情と具体的な〈物〉が、過不足なく寄り添っている。そんなふくらみのある歌が並ぶことで、行間から、切ない気配が立ちのぼってくる。言葉にならない揺らぎのようなものが、『夕鮎』を忘れがたい歌集にしているのだ。

春まだき朝《あした》引かるるカーテンの短き音はわが家にせり

この夜来しおみなのひとり三角にトイレの紙を折りて帰りぬ

沈むとき上下にくらくゆれたりし飯の茶碗を思うときのま

隣室の深夜の音は手のひらに果物をのせて洗えるならん

缶詰にされいし肉は皿の上にかたくなに缶のかたちを残す

前方《まえ》を行く乗用車《くるま》の窓に手が出でて眼にはとまらぬ物捨て落す

簡潔に描かれ、場面がよく見えてくる歌である。一首目は「短き音」に妙味があり、それだけで春の朝の明るさが感じられる。「わが家」という言葉には苦さも含まれている気がするけれど、深読みかもしれない。

二首目は、喫茶店の女性客だったのか。ありそうな出来事を描いているが、何かそれだけではない余韻をはらんでいる。それは他の歌でも同じで、三首目の「飯の茶碗」の歌も、食器を洗うときによく目にする光景だが、単なる出来事を超えて、感情の揺らぎを手渡されたような印象を受ける。「くらくゆれたりし」や「思うときのま」といった、ゆったりとした韻律が、情感を引き寄せるのである。五首目の缶詰の歌もおもしろく、肉の様子を注視して歌うことで、

「かたくな」という感情に、一つの形が与えられている。

六首目の車窓から物を捨てる行為を詠んだ歌は、逆にスピード感があって、手だけしか見えないけれども、そこに悪意のようなものが鮮明に現れている。『夕鮎』には、「**一点を見させておいてその隙に手品のごとも成りし恋はも**」という思わせぶりな歌があるが、上野の歌の作り方にも通じている気がする。一点をはっきりと見せることにより、逆に何かを隠してしまう。それがほのかなエロティシズムを生み出すことも多い。

みずみずしき白鳥は来て吾が書架に佇みていし夏の夕暮

暁をいずくに発《た》つや鶴のごとひそけく梳きているものの影

君を蹴る胎児のことはそれとしてしずかに熱し外《と》はみどりの炎《ひ》

一首目は、書架の前に白鳥がたたずむというイメージが美しいが、その後何があったのか、想像を誘いやまぬところがある。二首目も、女性が髪を梳いているいる様子を鶴にたとえているのだろう。「いずくに発つや」「ものの影」と、曖昧にした表現により、艶な読後感が生まれている。

三首目の「それとして」は何だったのだろう。肝心なことを書かないので、気になるのである。やや狙い過ぎのときもあるが、「一点を見させておいて」後は書かずに匂わせる方法を、上野は『夕鮎』で幾度も試している。

花いろの暮靄《ぼあい》にまぎれ越ゆるとうこえゆく声のきこえはじむる

これも、何を歌っているのか。「暮靄」という語が効いていて、妙に心に残る一首である。直後に「**昨夜《きぞ》遂げし紙のごとかる性行為晩夏の空に汚染《しみ》一つおく**」という歌があるから、あるいは性愛の声を詠んでいるのかもしれないが、読者の想像に任されている。

その一方、妻を詠んだ歌には、張りつめた思いと、静かな優しさが籠《こも》っていて、しみじみとした味わいがある。

言いかけて言わざることは夕べより朝《あした》に多く妻は坐れる

この歌については、『夕鮎』の栞の小池光の解説が忘れられない。いうまでもない。「言いかけた言葉を呑むことがなぜ夕べより朝に多いのか。朝は一日のはじまりだからである。今日一日をとにもかくにも平穏に過ごすために言わない方がいいことがある。妻はそれを知っていて言葉をとぎる。わたしは、その妻の心の微動をすべて知っていてやはり言葉をとぎる。つらい、しかし身に沁みる瞬間の機微である。」

じつにみごとな読みで、何も付け加えることはない。このように、一首の歌を通して、作者と読者のあいだで、繊細な哀しみがやり取りされるのを、私はとても貴重なことだと思う。

或る秋は薄暮の川に妻立ちて吾が血におえる水捨てにけり

妻が手の葱のかおりはいちはやく熱もつ肺にしみて匂えり

故もなく娘の嗅覚をおそれては眠れる顔の傍を過ぐ

街上に妻拾う宵車内には海草の香が流れ入りくる

こうして抜き出してゆくと、妻や娘の歌は、不思議と匂いに関わっている。自分が喀いた血の臭いを知っている妻。病床で嗅いだ、妻の手の匂いの懐かしさ。嗅覚は、最も身体的な感覚だと言われる。「**許せとて妻に手をのべ息絶えし主人公よりいくらか悪し**」のように、妻に許しを乞うことも今さらできない罪の意識を上野は抱えていたけれども、どこか深いところで、妻とはつながっていたように感じられる。

病身の若きすさびに焼き上げし壺に朝々花挿す妻は

シクラメン選りいる妻をデパートに見て年の瀬の街にまぎるる

こんな歌もじつにいい。若き日に夫が焼いた壺に、今も花を生ける妻。花に慰められている妻の姿に、つい声をかけずに立ち去る夫。距離を置きつつ、しかしその距離には、長い時間を過ごしてきた夫婦の思いやりが滲んでいる。

それから、甲府の自然の情景をみずみずしくやわらかな声調で詠んだ歌が、この歌集に豊かな彩りを与えていることも特筆すべきだろう。

つと一羽翔び立ちゆきし郭公の湖《うみ》のなかばにて霧にまぎるる

水増してとりこまれたる葦むらにひとつらなりの霧は流るる

夕やみを二つに分くる水脈《みお》は見ゆ泳ぎてゆきしものは見えねど

むささびの剝ぎたるという杉の粗皮《かわ》幾すじ垂るる谷を越えゆく

大空に白鯨《はくげい》のいるあさぼらけ桃咲く村の深きねむりに

近代短歌の写実を引き継ぎながら、やはり上野らしいロマンチシズムを湛えているのが心地よい。ちなみに五首目の「白鯨」の歌は、山梨県笛吹市の美和神社にある歌碑に刻まれている。

最後に、この本には未収録だが、晩年の歌を少しだけ紹介しておきたい。

ねむりゆく闇に思えば亡骸にまわりつづけていし扇風機
『冬の旅』

助からぬ病と聞きぬ　これの世に助かる人のもし誰かある

眠りなさいねむればあすはなおるからもうなおらないんだ母さん
『雪の甲斐駒』

こんなにも柔らかき毛が生えるんだまっ白に死を覆うのだろう

読者をぞっとさせるような、なまなましい死の歌を上野はいくつも作り、この世を去っていった。若いころから病身だった上野にとって、死はいつも親しい存在だった。ただ『炎涼の星』や『夕鮎』では比較的、死の影の濃い歌は息を潜めている。生や性に苦しみつつも、生きることの喜びを、存分に堪能した時期だったのではなかったか。哀しみを明るい光のなかで歌った上野の歌を、私は今もこよなく愛している。上野の歌が新しい読者に出会うことを願う。

GENDAI
TANKASHA

みぎわ叢書第六十一篇
歌集　炎涼の星　夕鮎〈現代短歌社文庫〉
二〇二二年七月二十五日　初版発行
著　者　上野　久雄
発行人　真野　少
発行所　現代短歌社
〒六〇四―八二一二
京都市中京区六角町三五七―四
三本木書院内
電話　〇七五―二五六―八八七二
装　丁　田宮俊和
印　刷　創栄図書印刷
定価一三二〇円（税込）
ISBN978-4-86534-404-2 C0192 ¥1200E